현대시세계 시인선 129

전화번호를 세탁소에 맡기다

임후남
시집

전화번호를 세탁소에 맡기다

임후남
시집

도서
출판 북인

지난 겨울, 책상 앞에서 작아진 마음을 들고 밖으로 나갔다. 흐린 2월은 추웠다. 꽃눈이 나오기 시작한 라일락과 개나리, 영산홍들을 들여다봤다. 그 추운 겨울에도 살아남아 꽃을 피울 준비를 하는 그것들은 조금도 주변을 개의치 않는 듯했다. 오늘 춥다고 내일 모레도 계속 추울 것이 아니라는 것을, 아무리 겨울이 버텨도 봄이 오면 물러나야 할 것임을 말해주는 듯했다.

그리고 봄이 왔다.

용인 사암리에서
임후남

차례

1부

귤꽃

당신이 온다는 기별이
이삿짐처럼 남루해졌어요
온다니, 그 설레던 때가
하얀 귤꽃이 필 때인지,
노란 귤이 열릴 때인지
기억이 잘 나지 않아요

서두른다고 오지 않는 당신
게으르게 기다리기로 했어요
5월만큼의 귤꽃을 따서
당신에게 보내고요
조금 서둘러야겠어요
아직 귤꽃이 피기 전이니까요

아침 햇살에 빵을 굽다

전화를 걸고 싶었지요
햇살이 하도 좋아
그 햇살에 구운 빵을 들고
그대에게 가고 싶었거든요

그런데 당신은 지금
어떤 모습의 전화번호를 갖고 있을까
생각이 나지 않았어요
당신의 전화번호에 기대
장미꽃을 꺾어
밥을 지어 보냈던 시절은
아직 봄이어요

당신의 전화번호가 떠나던 날
저녁 냄새가 났어요 슬픔은
다행히 천천히 문을 두드렸지요
슬픔을 토분에 심어놓고
얼른 잠을 잤어요
그날 이후
캄캄해서 잠도 길을 잃었는데

슬픔만 튼실하게 잘 자랐지요

아침 햇살에 빵을 구워
그대에게 가고 싶은 아침
슬픔이 길을 막네요
어차피 갈 수 없는 시간,
오지 않는 그대

전화번호를 세탁소에 맡기다

오래된 친구가
그만 헤어지자고 했다
왜냐고,
어떻게 그럴 수 있느냐고,
함께한 세월은 어쩌냐고
애인이 아닌
친구라서 물을 수 없었다
이미 내 마음도
나무 그늘을 찾고 있었다

세탁소에 맡겼다 잊어버린
셔츠 한 장이 생각나서
세탁소에 전화했다
아직 있다고 했다
친구의 전화번호를
잠시 세탁소에 맡겨야겠다

마음을 들이는 일

당신의 말은 심심해서
나는 당신의 입에
소금 간을 할까
간장 간을 할까
생각하다 웃어요
그럼 당신은
내가 좋아하는 줄 알고
더욱
심, 심, 하게
말해요

우리엄마목소리는파란색이었어
지붕이사라진집에서엄마와밤을새웠어
하늘이빤히보이는데별이하나도보이지않았어
내무릎이파란색으로물들자엄마는말이없어졌어

당신이 내 마음에 간장 간을 한지도 모르고
당신이 내 마음에 소금 간을 한지도 모르고
나는 당신의 말을 듣고 어떤 간을 할까 생각하다
웃어요

악몽

악몽에서 나를 건져주었던
참 좋은 당신
그래서 나는 맘 놓고 잠을 잤지
비탈길을 오르다 미끄러지는 것쯤이야,
빠른 물속을 걷다 넘어지는 것쯤이야,
달아오른 아스팔트를 혼자 걷는 것쯤이야,
39층에서 엘리베이터가 멈춘 것쯤이야,
하고 말이야

지금은 새벽 세 시,
여관 앞에서 나는
발을 동동 구르며 서 있어
나의 악몽 속으로 들어가면
혹시 당신이 나를 깨우러 올까
혹시 미처 잠들지 않은 당신이
내 잠을 따라올까

여관에는 방이 없고
어디로 가는지 알 수 없는
차들이 계속 달려가네

눈 위에 떨어진 모자는
당신 것일까
혹은 내 것일까

모자를 지나치고
여관을 지나치고
차들을 지나치고
꿈을 지나치고
참 좋은 당신을 지나친 후
새벽 세 시에 혼자 있네

폭염

키스나, 할래요?
한 사내가 자동차 창문을 열고 말했다
뭐라 할 새 없이
자동차는 사라졌다
사내의 입가에서 번질거렸던 웃음이
들러붙었다

키스나 할까?
오래 전 한 사내가 내게 물었었다
아,
아,
아니,
아직,
아직은
그래도 아직은

품위를 밟고 올라선 무례가
백일홍처럼 피어나는 시절
나이 어린 내가
나이 든 나를 가만 쳐다본다

달리고 달려서 어른이 됐는데도
나의 치욕이 드러눕는 곳은
폭염 속 아스팔트 위

선물

눈을 가득 모았어
하늘을 만지고 싶어하는 너에게 갖다주려고
빗방울도 모았지
하늘을 만지고 싶어하는 너에게 주려고
아주 여러 날 햇살을 모았지
하늘을 만지고 싶어하는 너에게 주려고

하늘이 물든 바다에서
바람을 마시고 또 마셨지
내 몸을 가득 채워 하늘로 올라가고 싶어서

나무를 심고 싶은 나는

오늘은 동백나무를 심고 싶어요
떨어져도 자지러지게 피어난 동백꽃을 떠나오기가 미안
했거든요
내일은 감나무를 심고 싶을 거 같아요
텅 빈 초겨울 하늘에 꽃처럼 피어난 감을 보면 새들이 부
러웠거든요
그리고 모레는 주목을 심을까 봐요
살아서 천 년 죽어서 천 년,
몇 십 년 생도 견디기 힘든데
어떻게 그 세월을 견딜까 궁금해요

오늘은 당산역에서 전철을 갈아타다
떠밀려 그만 한강변으로 나오고 말았어요
따뜻한 밥이 그리워요
추워도 집은, 따뜻한가요
2호선 전철이 한강을 가로질러 갔어요
하염없이 나무를 심고 싶은 나는
어디에서 밥을 먹을까요
어디에 나를 내릴까요

습관

처음엔 오른쪽 팔꿈치 아래였다
긁고, 긁고
또 긁고
그러다 팔꿈치 위로 올라가
긁었다, 긁다
갑자기 왼쪽 배꼽이 가려워지는 것이었다
배를 드러내놓고 긁는데
이젠 왼쪽 발등이 가려워졌다
그러다 마침내 손이 닿지 않는
저 먼 등이 가려워지는 순간
불도 켜지 않고 있다는 것을
깨달았다, 소식 없이 그새 밤이 왔고
나는 당신을 오래 기다리고 있었다
습관은 가려움만 아니었다

끝난 후

그가 오기로 했던 시간이 지나고
그가 마침내 오지 않는다는 것을
알게 된 시간이 지나고
그가 오지 못했다는 것을
알게 된 시간이 지나고

햇빛이 벽을 타고 조심스럽게 내려오다
온 방을 환하게 비추도록
나는 깨어 있었지만
다리에 힘을 주고 일어날 수 있었지만
한 발짝 방바닥을 딛고
일어나 밖으로 나갈 수 있었지만

그의 부재가
움직이지 못하게 가두었다
그가 오기로 했던 시간
그가 오마고 말했던 시간 속에서
한 발짝도 나아갈 수 없다

그리고 다시 약속

겁도 없이 당신을 만나겠다고
약속에게
당신의 안부를 묻지도 않고
지하철 정거장으로 나갑니다
약속은
당신과 나 사이에 있는
아주 한참 먼 이름

나와 당신 사이
한때
가까이 있을 때
꼭 붙잡아둘 것을
이젠 약속이
당신에게 가는
지하철을 타지 못하게
막아섭니다

안전문이 닫히고
다음 지하철이 들어와도
나는

약속에게 가지도 못하고
당신에게 가지도 못합니다

달콤한 안부

웅크리고 앉아
복숭아를 먹어요
복숭아는 달콤하고
손은 끈적거려요

당신이 궁금한 봄날
소식을 만나러 골목을 나서는데
하필 복사꽃이 떨어졌어요
복사꽃 세 장 주워서
당신에게 택배로 보냈어요
마음을 넣으면
너무 안부가 무거워
당신에게 가지 않을까
넣었다 뺐다 망설였는데

웅크리고 앉아
복숭아를 먹어요
이 달콤한 복숭아를 먹는데
당신이 궁금해지네요
분실처리되는 안부를

또 보낼까
슬쩍 달콤만 꺼내요

방

그는 든든했다
찬밥을 비벼 입에 떠넣을 때도
웃었다, 오래 묵은 슬픔 같은 것들을
꼭꼭 씹으면서 말했다

나는 이 방이 좋아

그는 내 무릎에 스며들었고
그때마다 나는 좋아서
그를 가만 안아주곤 했다

그는 나를 열고 나가
신도림역에서 달리기를 하고
강남역에서 에스컬레이터를 타고
당산역에서 한강 불빛들을 바라보다
다시 전철을 탔다
길을 잃지 않고 돌아온 그가
나는 좋았다,
나는 안심했다

내일은해가뜨는곳으로가서이불을말려야지
내일이아니라모레쯤가면어떨까
꼭이불을말려야할필요가있을까
펄럭이는것들은이불만은아니야
길잃은그가찾아올수있도록깃발을말려야해

괜찮은 날들 사이로 잠깐 바람이 불었고
남루한 날들이 이어졌다
그를 기다리는 일마저 미안해
나는 불을 끄고 오래 혼잣말을 했다

감꽃

붉은 감을 생각할수록
봄은 너무 더뎠다
꽃은 언제 피고
감은 언제 열리나

안심했다,
그의 부재가 감꽃처럼 늦어도
언젠가 돌아와
열매를 맺을 것이기 때문에

그래도 나는
자꾸 방 밖으로 목을 내밀었다
감이 너무 붉게 익을까 봐
그래서 그의 부재가 괜찮아질까 봐
피지도 않은 감꽃을 걱정했다

그리운 것에 대하여

폭설로 내리는 당신을 어쩌나
부둥켜안고 녹아내려야 하나
모른 척 방문을 걸어 잠가야 하나
당신 앞에서
오도 가도 못하는 나는

2부

푸른 꽃

푸른 꽃을 가만 들여다본다
아직 젖은, 그래서 더 푸른 꽃
뿌리는 어디에서 시작됐을까
내 방의 벽 너머
저 방의 벽은 안전할까
금세 부서지는 꽃을
견뎌내는 벽
제 몸 상하는지도 모르고

꽃들 사이에 몸이 눕는다

내 방을 데리고 바다로 떠나야지

곰팡이가 지치지도 않고 벽을 탄다
햇빛은 창문에서 너무 멀리 떨어져 산다
바람조차 문을 두드리지 않는다
화분에서 식물은 또 죽었다
그릇과 수저들 사이로 바퀴벌레가 다닌다

이제 내 방을 데리고 떠나야겠다

골목을 누비고 다니는 키 큰 햇빛을 따라나서서
조금 큰길로 나가 버스를 기다려야지
내 방을 꼭꼭 접어서 가방에 넣고
버스 안에서 시끄럽게 하면 조그맣게 속삭여야지
바다가 네 한쪽 가슴을 말려줄 거야
답답하다고 들썩거리면 조그맣게 속삭여야지
바다가 네 팔에 바람을 불어넣어줄 거야
내 방이 바다를 상상하며 숨죽이고 있는 동안
나는 차창 밖으로 오래된 동네가 뒤로 가는 것을 보겠지
길어진 햇빛이 사라지기 전에
바닷물이 아직 해변에 가득 차지 않았을 때
어서 바다로 내 방을 데리고 가야지

다행히 아직 오후,

나비야, 무슨 일이니

장마가 끝나자
콘크리트 벽에 붙어 있던
꽃잎 위로
얼룩이 번졌다
더 이름 모를 꽃이 된 꽃들은
내가 잠든 사이
꽃가루를 날리기도 했다

창문으로
나비가 들어왔다
거실과 주방을 날아
마침내 방으로 들어간 나비는
함부로 꽃들 사이로 들어갔다

꽃이
처음 꽃이 되는 순간,
얼룩도
덩달아 꽃이 되는 순간,
남루한 벽이 허리를 폈다

나비야, 무슨 일이니

바다에 나를 두고

오래 전 나를 바다에 두고 온 일이 있었다
떠나고 싶어하는 내가 가여워
그만 해변에 가만 내려놓았더니
그대로 바다에 스며들었다
돌아와야 하는 나,
사이에 파도가 크게 일었다
사는 일이 일일연속극처럼 말이 안 될 때
나는 바다에 두고 온 나를 생각했다
물이 됐을까
모래가 됐을까
아직 그 바다에 남아는 있을까
큰 파도를 넘기고 나면
그 바다에 두고 온 내가 더욱 그리웠다

눈과 마당

눈이 왔고
또
눈이 왔다

눈 위에
눈이 쌓였다

오래 녹지 않았던 눈이
마침내 녹았다

마당이 텅 비었다

하마터면 봄인 줄 알았다

얼음장 아래로 물이 흘렀다
혹한이었던 날들이 지나고
지금은 영상,
하마터면 봄인 줄 알았다

정거장으로 나갔다
돌아왔다
약속이 오지 않았다
겨울나무들이 몸을 떨었다

젖은 발을 말리고
두터운 양말을 신었다
스마트폰이 깜빡인다
약속이 보낸 문자였다
내일 다시 날씨가
영하로 떨어진다고 했다

나무와 몸 사이

나무와 나무 사이를 걸었다
그림자가 함께 걸었다
며칠 전 내린 눈이 그대로다

발자국을 옮길 때마다
눈은 온몸으로 나를 받는다
다정한 눈길은
내가 걸어갔다 오는 사이
어지러워졌다

늙어가는 동안
내 육체는 점점 더 무거워진다
생각하면 단 한 번도
나는 가벼운 몸을 가진 적이 없다
내 몸을 재촉하고
다른 이의 몸을 앞지르며
더 큰길로 달려나가는 동안
나는 믿었다, 가벼운 몸으로
아름답게 날아오를 수 있으리라고

눈길을 걸을수록
그림자가 짧아졌다
평생 젖은 몸이
눈길에 더 젖었다
내 몸은 너무 무겁다

봄에

나를 벗나무 아래로 옮겨주세요
종일 뒹굴면서
꽃비를 마시고 싶어요
꽃비를 마시고 또 마시다 보면
내 몸은 나무가 되고 꽃이 되어
마침내 꽃비로 내릴지 모르니까요

오래 걸어온 벗나무 아래에서
쭈그리고 앉아 새점을 봐야겠어요
한 십 년 후쯤 큰바람이 불어
인생이 바뀐다고 말한다면
그래도 좀 살아볼 만하지 않을까요

나의 방은 봄으로부터
너무 먼 곳에 있어요

뻐꾸기가 오래 울었다

뻐꾸기가 오래 울었다
이 나무 저 나무
한 발짝 날아가
제 몸을 슬쩍 내려놓으면서
진짜 뻐꾸기가 울었다

안에 있는 뻐꾸기시계
벽에서 떨어지고 싶겠다

골목에 대한 추억

집과 집 사이
골목에 바람이 분다
마지막 안부는 언제였을까
서로를 기억하지 못하는
녹슨 철대문과 낮은 담

차 한 대도 오르지 못하는
골목, 아이들은 뛰면서
골목을 벗어나고 싶어했지만
어김없이 밤이면 담을 타고
집으로 돌아와 어른이 되어갔다
양은양푼에 밥을 비비던
아이들의 부모는
늙은 고양이밥을 챙겨주면서
병들어 갔고

살구나무 한 그루
골목의 바람을 혼자 맞는다
예쁠 것도 없는 살구가 터진다
골목이 단내로 물든다

새끼고양이들이
먹을 것도 없는 골목을 차지했다

다시 골목을 걷다

골목에서 만나는 얼굴은 나이가 들었거나
늦은 밤 술에 취했거나
했다, 점점 얼굴이 사라지는 골목
아는 얼굴 하나 없는 마을
가끔 골목 끝에서 다른 골목으로 천천히 걷던
한때 젊었을 사내의 얼굴도 지난 겨울 사라졌다
골목이 사라지기 전,

나는 오래 걷던 골목을 벗어나
낯선 골목을 걷는다
검정 비닐봉지를 들고 가던 늙은 사내가
사과를 떨어뜨리면서 간다
혼자 나뒹구는 각각의 사과
빈 봉지를 들고 사내는 하염없이
서 있다, 마치 죽은 아버지의 섰다판처럼
햇빛만 시끄러운 오후 3시

다시 골목을 걸을 때
어쩌면 그는 이제 아는 얼굴이 되어
손 부여잡고 인사를 나눌지도 모르겠다
골목이 살아 있는 동안

불두화를 옮겨 심을 자리를 생각하다

눈이 왔다
눈보다 늦을까
먼 곳에서 오는 당신은
시속 200킬로로 달린다고 했다
눈은 당신보다 조금 늦게 올 것이라고
그냥 믿기로 했다

햇빛이 유리창에서 빛났다
창밖에서 눈은 녹으면서 반짝였다
마당에는 봄이 대기 중이었다
나는 불두화를 옮겨 심을 자리를 생각했다
봄은 굳이 믿지 않아도 올 것이므로
믿음을 갖는 것보다 편했다

축제의 안부

비가 온다

수레국화 한 송이 보고
나리꽃 한 송이 보고
비비추꽃 한 송이 보고

꽃들 사이로
잎들 사이로
이끼를 타고 올라가
소나무의 안부를 묻는다

새들이 사라진 숲은
비와 바람의 축제

동백나무

동백나무가 많은 바닷가에
방 하나 세 들었다
가방에서 생활을 꺼낸다
서울 변두리 생활이
바다를 보고 바람이 났다

도망친 것인지 달려온 것인지
계산할 수 없다
무리하지 마, 속삭이는 것은
아직 버티고 선 두 다리

절룩대며 종일 걸어도
잠은 쉽게 오지 않았고
밤에는 방까지 파도가 넘실댔다
문득 잠이 들면
동백꽃이 몸을 덮쳤다
생활은 아프다고 울었다

손금

손금이 말했다
중간에 고비가 있어
아직 어린 나는
같이 어린 친구들보다
일찍 죽는다는 게 슬펐다
열여덟 살 때 폐결핵에 걸렸다
조금 큰 나는 손금에게 물었다
이게 고비니?

사는 것은 고비의 물결,
손금을 타고 언덕을 올라설 때마다
가운데 툭 끊어진 금이
옆으로 빠져나간 금들이
가느다랗게 이은 금들이
소리쳤다,
아직 아니야!

손가락이 굵어지는 동안
손바닥 들여다볼 새도 없었는데
슬픔을 감자 싹처럼 도려내야 하던 날

햇빛 아래 손금을 내려놓았다
언제 한번이라도 빛나는 순간이 있었을까
오늘만이라도 햇빛 좀 쬐렴

3부

멋진 우리 세상

그가 앉아 있는 자리로 막걸리가 쏟아졌다
그는 오래 손바닥으로 바닥을 쓸었다
그는 윗니가 드러나게 웃었다
웃음에서 누룩 냄새가 났다
우리는 그를 외면했다
그가 우리 곁을 벗어나자
우리는 그제야 술잔을 부딪치며 웃었다

다행히
나는 우리 안에 들어 있다
나는 취하지 않으려고 눈을 부릅뜬다
밀리지 않으려고 테이블을 꽉 붙잡는다
우리 안에 있는 동안만 안전한 세상
나 대신 취한 바닥이 일어나
내 얼굴을 후려쳐도
난 아직 우리 안에 있으므로
아프지 않다, 이런 멋진 세상

너무 낭만이거나 너무 실용이거나

가까이 숲이 있으면 좋겠어
상추 심을 텃밭이 있어야지
수국 한 그루 심을 정원도 있음 좋겠어

가까운 곳에 편의점이 있으면 좋겠어
지하철역은 가까워야겠지
그래도 조용한 곳이었음 좋겠어

실용과 낭만이 부딪치는 사이
욕망과 현실이 끓는 사이
집도 아닌 방 한 칸,
꿈은 너무나 비현실적

이 색에서 저 색으로
수국 한 그루
변덕스럽게 피고 지는 사이
하이힐 신고
산책하는 사이

봄 숲

꽃비가 오고
바람이 불고
다시 꽃비가 온다

신발을
간신히 붙잡고
천천히 걷는
봄 숲으로 가는 길

달리면 봄이 온다

자꾸 넘어진다
겨울이 길어지기 때문이다

문을 열면
언제나 봄이 온다고
사람들이 말했다
방문을 열고
대문을 열고
이윽고
바다로 나가는 문을 열고 나왔는데
겨울이었다

곧 꽃이 필 것이라고
사람들이 속삭였다
그러니 달리라고,
달리면 봄이 온다고

콘크리트 길을 달리다
바다로 가는 문 앞에 섰을 때
사람들이 웃었다

이제 곧 봄이야

겨울 한가운데서
나는 또 넘어졌다
깁스를 했을 뿐인데
온몸에서 열이 난다

무고한 날들 사이

일주일 전의 피검사 결과를 보고
의사가 말했다
0.5밀리그램만 더 늘리지요

나는 팬데믹 상황에서
운동을 하지 못했다고
그래서 몸무게가 조금 늘었다고
마치 바다에게 말하듯 했다
의사는 그럼 운동을 해서
몸무게를 조금 더 줄이라고
마치 파도에게 말하듯 했다
여의사의 하얀 목에서
진주목걸이가 반짝였다

아침과 저녁에
0.5밀리그램만 더 무거워진 약을 먹고
몸무게를 조절하는 것만으로
나는 충분히 무고할 수 있다

박살

밥상을 차리던 중이었다
유리컵을 잡으려는 순간
바닥으로 떨어졌다
유리 조각들이 햇빛을 받아
푸르스름하게 빛났다
나의 부주의를 탓하는 식구들 목소리가
유리 조각에 박혔다

유리 조각들을 신문지로 싸고
검정 비닐봉지에 넣어
쓰레기통에 버렸다
그새 식구들은 식사를 마쳤다
소리도, 냄새도
모두 조용한 식탁
유리컵 한 개가 모자랄 뿐이다

아직 신발은 내 발목을 붙잡고

신발이 젖었다
언제부터 신었는지
나이를 알 수 없는 신발에서
바다 냄새가 났다
시든 꽃 대신
버스정류장이 보이는 나무에
신발을 걸었다

내 열두 살에 가장 예뻤던 엄마가
잠깐 찾아왔다
이 땅에서 멈춘 엄마의 나이,
엄마의 맨발에서도 바다 냄새가 났다

창문을 열자 좁은 골목이 들어왔다
골목을 따라 신발이 걸어왔다
신발 사이 물이 괸다
아직 신발이 내 발목을 붙잡고 있다
다행이다

눈이 온다고 했다

저녁 8시,
식당 밖에서
늙은 주인이 담배를 피운다

밥알이 입안에서 맴돈다
된장찌개에 기름이 뜬다
이마에 깊은 주름을 가진
늙은 주인이 문을 열고 들어온다

늙은 주인도 한때 젊었던 것처럼
한때 아름다울 눈이 온다고 했다
생각하자 마음이 설레
식은 밥상을 잠깐 재촉한다

눈이 온다고 하는데
바깥 길은 캄캄하고
늙은 주인은
깊은 기침으로 나를 내쫓는다

눈이 온다고 했다

감나무

100년쯤 전이었대요
한 사내가 감나무를 심었어요
아이들은 늦은 봄이면 감꽃을 따 먹었어요
계집애들은 감꽃으로 목걸이도 만들었지요
감꽃도, 파란 감들도 많이 떨어졌어요
살아남는 것들만 붉게 물들었지요

아이들에게 맛있는 감을 먹이고 싶었던 아버지는
장대로 감을 땄지요 그 아버지가 가고 없는 동안
그의 아이들은 여기에 혹은 저기에 남아
할아버지가 되었어요
그의 나이든 아들이 여기에 혹은 저기에 있는
어린 손자를 위해 감을 따요

비가 오고 눈이 오고
날이 흐리고 날이 맑고
그런 날들이 지나가는 동안
감나무는 더욱 검어졌어요

감꽃이 피는 계절

아직 남은 봄날은 덥기만 하고
아직 철들지 않은 나는
감꽃을 머리에 꽂고 폴짝 뛰었답니다
100년 전쯤에서 한 젊은 여자가
아직 어린 감나무 옆에서 힐끗 웃네요

하이힐의 시간

변형된 발가락보다 통증이 문제였다
의사는 하이힐에서 내려오라고 했다
내 발은 하이힐을 모셔야 했으므로
통증을 떠날 수 없었다

테이크아웃 커피잔을 들고
욕망을 산책하는 동안
통증은 잠깐씩 외출했다

나를 달리게 하고
나를 아름답게 했던
스무 켤레의 하이힐들이
잠 속까지 따라와 속삭였다
내일이면 곧
꿈이 당도할 것이라고

하이힐이 넘어져 깁스를 한 날에도
나는 하이힐을 안고 달렸다
하이힐의 시간은
결코 내가 떠날 수 없는
꿈으로 가는 길

배를 기다리며

에이가 사는 곳은 다이아몬드
비이가 사는 곳은 루비
시이가 사는 곳은 에메랄드
디이가 사는 곳은 사파이어
에이나 비이나 시이나 디이가
그곳의 이름을 만들지 않았지만
에이나 비이나 시이나 디이는 그곳에 거주함으로써
그들은 때로는 다이아몬드나 사파이어처럼
차려입거나,
먹거나,
몸짓을 한다

여행을 가기 위해 다들 부두로 모였다
에이와 비이와 시이와 디이가 서로에게 말했다
깔롱지기고* 왔네!
오매 멋져부러!

이들이 타고 갈 배 이름은 금성호다.

*깔롱지기다 : 한껏 멋을 부리고 온 사람들에게 하는 경상도 사투리.

1월 1일

살아보니 새해의 다짐은
그다지 필요하지 않은 일이었다
하루를 살아내는 일은
매일 눈 뜨면 해야 하는
다짐이었으므로
늙어가겠다고 다짐하는 것처럼
부질없었다

내가 다짐하지 않아도
사람들은 나에게
다짐을 보내왔다
하루나 사나흘 지나
한 달이나 서너 달 후
사라질 다짐들
사이에서

올봄 텃밭에는
상추 씨앗이나 좀 뿌리고
가지 모종 세 개,
고추 모종 두 개,

토마토 모종 두 개만
사다 심어야겠다

무슨 상관이길래

백화점에가는김에아버님내의몇벌사야겠어
거기건비싼데시장에가서그냥오천원짜리사
백화점에도싼거있어그런데아버님이싼거입으시려고할까
뭘입어도모를텐데무슨상관이야어차피누워만있는데
하긴누가상관하겠어근데오천원짜리도있을까

나는 그들이 먹는 팥빙수를 힐끗 보다
남자의 왼쪽 시계에서 투박하게 빛나는 메탈 시계를 봤다
남자의 신발에 새겨진 명료한 로고를 봤다
남자의 가슴에서 빛나는 골프웨어 로고를 봤다
무슨 상관일까
나는 그들이 먹는 팥빙수가 없어지는 것을 보다
여자가 들고 일어서는 핸드백 무늬가
여자의 가느다란 샌들 끈에 새겨진 무늬가
여자의 흔들리는 가슴 위에 작게 새겨진 명품 로고가
어쩌자고, 보였을까
남자의 허리 한가운데 양 날개를 펼친 로고가 내 눈을 또
잡았다
무슨 상관이길래, 자꾸 봤다
남자가 여자의 어깨를 팔로 감싸안으며 말했다
미.친.년.이.네

4부

슬픔에게

밤새 문을 두드렸다
나는 나가지 않았다
기별 없이 찾아오는 무례함도,
들어와 오래 머무는 것도,
가고 나면 진이 빠지는 것도
나는 싫었다

아침에 눈을 뜨니
슬픔이 곁에 잠들어 있었다
밤새 흘린 눈물이 방에 가득했다
언제 깼느냐고 슬픔이 물었다

비가오고태풍이불었어요
파란하늘이와야해요
내가펄럭일하늘이필요해요
양말과팬티와셔츠는젖게두세요

벽에 곰팡이가 피어나기 시작했다
슬그머니 슬픔이 문을 열고 나갔다
곰팡이가 너무 무겁다

안개와 운구차

안개가 심하다
몽환적,이라고 쓰고
길을 걷는데
앞이 보이지 않는다

운동화 끈 비끄러매고
가장자리만 따라 걷는다
나아갈수록 안갯속,
여전히 조심스럽고
여전히 두렵다

갑자기 나타난 운구차 한 대
운구차가 나보다 빠르게
안개속으로 들어갔다
가장자리에 떨어진
검은 리본이
몽환적으로 펄럭였다

태풍

들깨밭이 흔들렸다
안경이 떨어졌다
울음이 들깨 사이로 불었다
태풍이 온다고 했다

열한 살짜리 아이를 앉혀놓고
뜨거운 밥을 먹는다
하얀 쌀밥은 참 맛도 있구나,
넌 아직 어리단다,
그러니 천천히 커도 된단다,
네 잘못이 아니야,
네 몸을 훑고 지나간 건 태풍이야,
그러니 부디 어른이 되지 말아라

어른이 되지 못하고
늙어버리고 싶은 아이가
들깨밭으로 걸어간다
태풍이 온다고 했다

저녁이 오는 때

가로등이 켜지는 순간
아직 아이인 나는
골목에서 서성대다
나를 부르는 목소리를 듣고
그제야 갑자기 집을 찾아들었다

가긴 가야 하는데
더 어두워지기 전에 가야 하는데
겨울밤이 오는 때라
지하철이든 버스든 타야 하는데
어두워지는 정거장에서
저 버스를 냅다 달려가 타고 싶은데
한없이 앉아 있다

아무도 나를 부르지 않는다

죽은 사람 사이에서

목련꽃이 피고 졌고
그새 그 집 주인이 몸져 누웠다
여든일곱이란 나이가 많지,
다들 말했다

아버지를 돌보기 위해
미국에서 온 딸은
급성백혈병 진단을 받고
일주일 만에 죽었다
마흔일곱이란 나이가 젊은데
아버지 곁에서 죽고 싶었던 게지,
다들 말했다

아버지는 마흔에 낳은 막내딸의 죽음을
딱 이틀 슬퍼하고 숨을 거두었다
혼자 가기 서운했던 게지,
다들 말했다.

죽은 사람은 말이 없고
산 사람들이 말을 한다

저울

태어나지도 못한 아이가 죽은 날
늙은 사내가 죽었다
아이와 함께였던 여자는
다시 화장을 진하게 했고
늙은 사내와 함께였던 여자는
다시 밥을 안쳤다

차마 잴 수 없는
죽음과 삶의 무게

보리차를 끓이다

아버지 옆에서 보리차를 마셨어
뜨거운 보리차 대신
천천히 식고 있는 보리차였어
보리차는 때로 너무 연해
아버지가 갑자기 늙어버렸나 생각했어
아버지 곁에서 보리차를 마시던
아직 어린 나였거든

아버지처럼 늙어가던 어느 날
까만 보리를 한 움큼 집어넣고
팔팔 보리차를 끓였어
설사처럼 울음이 쏟아진 후였어
검은 보리차가
뜨거운 보리차가
저 아래까지 내려가는 동안
손금도 없던 아버지의 큰손이
내 배를 쓸어내렸어
생전에는 단 한번도
만져본 적 없던 거친 손이었지
이제는 없는 아버지가
순간 그리워졌지

오래 전 집을 떠날 때*

　어느 저녁이었습니다 할아버지의 숨이 멈췄다고 아버지
가 말했고 엄마가 아이고 큰소리로 울었습니다 그리고 다
음날 밖에는 조등이 매달리고 아버지와 작은아버지는 모
두 누런 삼베옷을 입었습니다 방 한가운데 사진 속 할아버
지는 눈을 크게 뜨고 소처럼 있었습니다 사람들이 오면 아
이고 아이고 울던 아버지는 할아버지가 쓰던 밥그릇에 막
걸리를 부어 먹었습니다 젓가락으로 불고기도 집어 입으로
넣고 무나물도 집어 입으로 넣었습니다 아이고 아버지 아
버지 하던 고모는 밥때가 되면 울었더니 배고프네 하면서
잘 부쳐진 생선전을 입에 넣고 다진 고기를 듬뿍 넣어 국수
를 말아 먹었습니다

　할아버지가 돌아가신 후 언니와 나는 할아버지 방으로
옮겼습니다 언니와 단둘이 쓰는 방이 생기자 엄마는 딸들
을 위한 옷장을 샀습니다 언니는 옷장에 언니의 월급을 다
털어 옷을 사 넣었습니다 옷장에 옷들이 걸릴 때마다 나는
언니의 월급이 궁금했습니다 어느 밤 엄마는 언니에게 말
했습니다 먹고 죽으려고 해도 돈이 없구나 언니의 옷장에
는 자물쇠가 채워졌습니다

어느 날이었습니다 할아버지가 오래 누웠던 자리에 내가 똑같이 누워 있었습니다 식구들이 모두 나간 빈 집에서 할아버지는 그 자리에 누워 숨이 멈췄던 것이었습니다 와르르 마당으로 저녁이 쏟아지고 있었습니다 나는 언니의 옷장 문을 부수고 빨간 코트를 걸쳤습니다 거울 속에는 단발머리 여자가 벌건 눈을 흘기고 서 있었습니다 나는 그 여자를 뒤로 하고 버스 정거장으로 달려갔습니다 그리고 처음 온 버스를 타고 집을 떠났습니다

*신경숙 소설가의 단편소설 제목.

심심한 날들

많이 웃었던 날들이 있었습니다. 나뭇잎이 떨어지는 것을 보고도 깔깔댔습니다. 부모는 가난했고 언니는 아팠으며 동생은 자라지 않던 날들이었습니다. 우리 가족의 세계와 다른 가족의 세계에는 언제나 밥이 따뜻했습니다. 언니는 향내를 풍겼고 동생은 축구공을 찼습니다. 하얀 쌀밥을 조금씩 떠서 쇠고기장조림을 하나씩 얹어 먹는 친구네 식탁에서 깻잎장아찌를 뜨거운 밥에 얹어 먹고 또 먹고 또 먹었습니다. 쇠고기장조림은 너무 먼 곳에 있고 내가 팔을 뻗을 때마다 소매 끝에서 빨간 내복이 기어나왔습니다. 배가 부르도록 먹은 것도 아닌데 그날 이후 내 별명은 4인분이 되었습니다. 더욱 작아진 나는 친구들 앞에서 배를 잡고 웃었습니다.

많이 울었던 날들이 있었습니다. 텔레비전 연속극을 보는 엄마를 따라 울었습니다. 방은 어두웠고 텔레비전에서는 푸른 빛이 나왔습니다. 남자 주인공은 배신을 하고 떠났고 여자 주인공은 바닷가에 혼자 서 있었습니다. 엄마는 쳐죽일 놈이라고 하면서 울었고 나는 바닷가에 혼자 서 있는 여자가 불쌍하다며 울었습니다. 연속극이 끝나면 엄마는 그만 자자 하고 이불 속으로 들어갔고 아직 울음이 남은 나는 몸을 배배 꼬았습니다. 바닷가에 서 있는 여주인공이 부러웠습니다. 아직 배신을 한 남자가 있기 전이었고 여전히 부모는 가난했고 언니는 아팠으며 동생은 자라지 않았습니다. 나는 간신히 스무 살이었습니다.

바닷가 마을에서 며칠 묵었습니다. 드라마 여주인공처럼 바다를 보고 서 있어도 죽고 싶은 마음이 들지 않았습니다. 산의 나무처럼 일일이 셀 수 없다고 생각한 울음의 이유가 생각이 나지 않았습니다. 가난한 부모는 세상을 떠났고 아픈 언니는 아픈 대로 살아가고 덜 자란 동생은 덜 자란 채로 살아가고 있습니다. 많이 웃지 않아도 되어서 다행이고, 많이 울지 않아서 다행인 날들이 되자 비로소 심심합니다. 참 심심합니다.

부추꽃

엄마는 나를 보자마자 말했다
밥을 해야지
쌀이 밥이 되는 동안
엄마는 된장을 풀었고
김치를 썰고
달래를 무쳤다

가난한 엄마의 밥은
곱고 뜨거웠다
입천장을 데었는데
눈이 아팠다
엄마는 말했다
달래가 제법 맵네

엄마가 아주 늙기 전이었고
나는 아직 젊었던 날들이 지난 후
엄마의 마당에는
하얀 쌀밥 같은 부추꽃이 가득했다

석관동

지난 밤 꿈에 석관동에 갔다
엄마는 맨발로 나를 기다리고 있었다
털부츠를 신은 나는
엄마 맨발을 쳐다보고 화를 냈다
엄마는 발 안 시렵다, 안 시렵다 했다
그러고 보니 엄마는 노란 모시 블라우스를 입고 있다
아니 이 겨울에 왜, 나는 또 화를 냈다
엄마는 또 안 춥다, 안 춥다 했다
나는 엄마 손을 붙잡았다
능소화가 두 손 가득했다

나의 한 시절이 담긴 집
형제들의 한 시절이 담긴 집
우리 모두 그 집을 떠나왔어도
엄마 혼자 오래 지켰던 집
그래서 언제나 갈 수 있었던 집

한여름날
지금도 그 집에는 능소화가 피어날까
생각하게 하는 석관동, 그 집
이제는 갈 수 없는, 그 집

즐거운 아파트

육십 가까운 사내가 은행 빚을 안고 아파트를 계약했다
오래도록 투룸 빌라를 전전하다
서울 위성도시 오래된 아파트를 계약했다
은행 대출 담당자는 아파트를 담보로
팔십 퍼센트 대출이 가능하다고 했다
대출을 그렇게 쉽게 해주다니
사장님이 신용이 좋으셔서요,라고 했지만
일 톤 트럭 하나 갖고 하루 벌어 하루 사는 그다
운 좋아야 하루 십오만 원,
열흘 정도 공치는데 무슨 신용이 좋을까
알량한 부모가 그나마 남겨준 유산 덕분에
아파트 한 채 계약한 날 사내는 공치면서도 기분이 좋았다
이 집을 산 지 삼 년 만에 파는데 그 새 삼천만 원이 올랐
습니다
계약서에 도장을 찍으며 집주인이 말했다
그가 몇 년을 일해도 모으지 못할 돈
나도 이제 삼 년만 있으면 삼천만 원을 벌 것이다 생각하니
까짓 하루 공쳐도 좋다좋다 자꾸 사내는 웃음이 나는 것
이었다

부음

그의 부음을 들었다
눈이 오느라
더욱 고요한 밤이었다

그가 걱정했던 노후가 생각났다
어느새 늙어가는 중인 몸을
어떻게 하느냐고
십 년, 이십 년 후를 염려하면서
이사를 계획하고
매일 통장 잔고를 확인하며
건강 음식을 주문했던
아직 살아 있던 그,
더 병들고 가난한 친구의
노후를 걱정하던 그

노후 걱정할 것 없이
그는 그만 영안실에 누워 있다
좁은 창문 밖에서는
대설주의보가 발효 중이었다

사랑하는 나의 스위트빌라

고속도로 옆 빈 광고판 하나 우뚝
광고판 속에서 한때 웃고 있었던
가구호텔은행여행인터넷투자아파트대학들
순간 빛났던 것들

우뚝 서 있던 물류창고 자리에
넓은 고추밭이 있던 자리에
치킨집호프집세탁소철학원핸드케어미용실수선집들
불 밝힌 24시간 편의점

캐슬빌라와 힐탑빌라, 헤븐빌라를 지나
드디어 스위트빌라 401호
나보다 먼저 귀가한 바퀴벌레들이 재빨리 문을 연다
늙은 내 젖가슴 같은 감자에서는 싹이 돋기 시작했다
오늘도 안녕,
한 번도 오지 않았던 집처럼 낯선
내가 사랑해 마지않는 나의 스위트 빌라여

얼룩 너머의 세상에서 떠오르는 문장들

김영임/ 문학평론가

> 벽지에도 불구하고 나는 정말로 이 방이
> 점점 마음에 든다. 어쩌면 벽지 때문에
> 마음에 드는지도 모른다.
> 벽지가 내 마음속에 자리를 잡은 거다!
> (……) 저 벽지에는 나 말고는 아무도 모
> 르고 앞으로도 모를 것이 있다. 저 바깥
> 무늬 뒤에서 어렴풋한 형상들이 날마다
> 점점 또렷해지고 있다.[1]

제사題詞는 미국 페미니즘문학의 명편인 샬럿 퍼킨스 길
먼의 「누런 벽지」에서 가지고 온 문장들이다. 고딕풍의 벽
지 무늬 뒤에 숨어 있는 존재를 감지하는 '나'는 외부의 시
선으로 보자면 미쳐가는 중이다. 누런 벽지의 무늬에서 철
창 속에 갇힌 여성의 형상을 보는 '나'는 그것을 자신만의
비밀로 간직하다 결국은 '여자'를 세상 밖으로 불러낸다. 벽

---

1) 샬롯 퍼킨스 길먼, 「누런 벽지」, 한기욱 옮김, 『필경사 바틀비』, 창비, 2010, 168~171쪽.

지의 세상과 현실의 세상은 그녀 안에서 경계가 허물어지고 '나'라는 매개체를 통해 연결된다. 그것은 오직 그녀의 의지에 달려 있다. '여자'가 밖으로 나온다는 것은 주인공이 미쳤다는 증거일 수도 있지만, 동시에 그녀의 의지가 밖으로 분출된 것이기도 하다. 이런 섬뜩한 전개는 자상한 남편의 '보호'라는 그늘 아래 미쳐가는 자신을 해방시켜줄 '나'만의 방식인지 모른다.

'나'는 "글쓰기를 은밀하게"[2] 진행하면서 '돌봄'으로 구속된 세상 안에 자신만을 위한 공간을 상상하고 창조해내며 해방을 성취한다. 비록 그로테스크한 주인공의 모습은 그녀의 남편을 기절시킬 만큼 충격적이지만, 그 형상은 누구의 간섭도 받지 않은 그녀 자신의 선택으로 이루어진 만큼 분명 '해방'의 결과다. 그 출발점은 바로 주인공의 글쓰기이다.

새삼 글쓰기를 향한 수많은 예찬을 인용하지 않더라도 글을 쓰는 행위는 현실에 묻혀 있는 자신의 또 다른 세계에 몸을 부여하는 물리적 행위이다. 우리는 글 안에서 기억과 무의식 안에 떠다니는 형체 없는 순간과 공간을 현현顯現시킬 수 있다. 시인 임후남의 시집『전화번호를 세탁소에 맡기다』안에는 시가 짓는 또는 지어온 공간들과 각각의 공간이 품고 있는 시간들이 섬처럼 문장 안에 떠올랐다. 시인 또는 시적 주체를 지탱하고 있는 공간들은 떠오르면서 동시에 그 사이를 오가는 불안한 기억의 선들에 붙들려 우울

---

2) 앞의 책, 160쪽.

하게 가라앉는다. 유년의 사람들과 사건들이 머물고 있는 집, 그곳으로부터 벗어나기 위해 마련된 바닷가, 그리고 현재를 살아가는 화자가 머무는 복수의 공간들이 만들어낸 꼭짓점들 사이를 시의 언어들이 묵묵히 순환하고 있다.

일상과 시가 만날 때

장마가 끝나자
콘크리트 벽에 붙어 있던
꽃잎 위로
얼룩이 번졌다
더 이름 모를 꽃이 된 꽃들은
내가 잠든 사이
꽃가루를 날리기도 했다

창문으로
나비가 들어왔다
거실과 주방을 날아
마침내 방으로 들어간 나비는
함부로 꽃들 사이로 들어갔다

꽃이
처음 꽃이 되는 순간,
얼룩도
덩달아 꽃이 되는 순간,

남루한 벽이 허리를 폈다

나비야, 무슨 일이니

―「나비야, 무슨 일이니」 전문

앞서 언급한 「누런 벽지」와 겹쳐서 이 시를 읽어보자. 소설의 '나'는 "벽지의 무늬가 위로 아래로 옆으로 기어다니며" "깜박거리지도 않는" 두 눈이 있다고 믿는다.

> 나는 이전에 무생물에서 이렇게까지 다양한 표정을 본 적은 없다. 그런데 <u>우리 모두는 그것들에 얼마나 다양한 표정이 있는지 알고 있잖은가!</u> 나는 어릴 적에 잠에서 깬 채 누워서, 텅 빈 벽과 평범한 가구에서 대다수 아이들이 장난감가게에서 발견하는 것보다 더 많은 즐거움과 공포를 얻곤 했다.
> 우리집의 큼지막한 낡은 장롱의 둥근 손잡이들이 얼마나 다정하게 윙크했는지를 나는 기억하며, 언제나 든든한 친구처럼 보인 의자도 하나 있었다.[3] (밑줄은 필자 강조)

'사물의 다양한 표정'을 읽을 수 있었던 유년의 기억이 벽지가 살아 움직인다고 믿는 그녀에게 정상성을 보장해주지는 못하지만, 적어도 '나'가 쓴 문장은 독자들 역시 이 특별

---

3) 앞의 책, 166쪽.

한 능력을 가졌던 시절이 있었음을 기억하게 만들었을 것
이다. 일상에서 시적 순간을 만나는 일 또한 '사물의 표정'
을 알아채는 것과 다르지 않다. "콘크리트 벽에 붙어 있던/
꽃잎 위"로 번진 "얼룩"을 알아차리는 것에서 시작한 사소
한 관찰은 "꽃가루를 날리"는 꽃들의 미동을 "잠든 사이"에
도 감지해내는 예민함으로 이어진다.

여기까지가 평범한 일상이었다면 시적 순간은 "함부로
꽃들 사이로 들어"간 "나비"를 만나면서 "꽃이 처음 꽃이 되
는 순간,/ 얼룩도 덩달아 꽃이 되는 순간," "남루한 벽이 허
리를 폈다"는 구절에서 생성된다. 꽃의 탄생으로 주위를 둘
러싼 사물들도 새로운 의미를 부여받는 순간, 꽃의 세월을
지켜보던 시적 화자는 한마디 탄성을 내뱉는다. "나비야,
무슨 일이니".

위의 시가 사물과 관련된 일상 속에서 시적 순간을 포착
한 경우라면, 「멋진 우리 세상」은 타인을 향한 '우리'의 시선
안에서 시를 만난다.

그가 앉아 있는 자리로 막걸리가 쏟아졌다

그는 오래 손바닥으로 바닥을 쓸었다

그는 윗니가 드러나게 웃었다

웃음에서 누룩 냄새가 났다

우리는 그를 외면했다

그가 우리 곁을 벗어나자

우리는 그제야 술잔을 부딪치며 웃었다

다행히

나는 우리 안에 들어 있다

나는 취하지 않으려고 눈을 부릅뜬다

밀리지 않으려고 테이블을 꽉 붙잡는다

우리 안에 있는 동안만 안전한 세상

나 대신 취한 바닥이 일어나

내 얼굴을 후려쳐도

난 아직 우리 안에 있으므로

아프지 않다, 이런 멋진 세상

—「멋진 우리 세상」 전문

　"웃음에서 누룩냄새"가 날 것만 같은 한 사내가 "막걸리가 쏟아"진 바닥을 "오래 손바닥으로" 쓸면서 "윗니가 드러나게 웃"고 있다. 아마도 옆자리에서 벌어졌을 이 상황을 맞닥뜨린 화자의 일행은 "그를 외면"하고 "그가 우리 곁을 벗어나자" "그제야 술잔을 부딪치며 웃"는다. "그"와 "우리" 사이에는 눈에 보이지 않지만 너무나도 분명한 경계선이 존재한다. 도움이 필요할 것만 같은 남루한 "그"에게 손을 뻗지 않는 것은 행여라도 "안전한 세상"을 보장해주는 "우리"로부터 따돌려질 것이 두려워서가 아닐까?

　이 경계가 몹시도 불편한 시적 화자의 내적 갈등은 "취하지 않으려고 눈을 부릅"뜨고 "밀리지 않으려고 테이블을 꽉 붙잡"는 육체의 노력 안에서 봉합되고, "나 대신 취한 바닥이 일어나/ 내 얼굴을 후려쳐도/ 난 아직 우리 안에 있으므로/ 아프지 않다, 이런 멋진 세상"이라는 자조적인 넋두리로 마무리된다. 이 모습은 시적 화자의 것인 동시에 우리 모두의 것이기도 해 몹시 쓰리고 아린 뒷맛을 남긴다. '그'의 소외는 '나'의 소외이기도 하다.

밥상을 차리던 중이었다
유리컵을 잡으려는 순간
바닥으로 떨어졌다
유리 조각들이 햇빛을 받아
푸르스름하게 빛났다
나의 부주의를 탓하는 식구들 목소리가
유리 조각에 박혔다
유리 조각들을 신문지로 싸고
검정 비닐봉지에 넣어
쓰레기통에 버렸다
그새 식구들은 식사를 마쳤다
소리도, 냄새도
모두 조용한 식탁
유리컵 한 개가 모자랄 뿐이다

—「박살」전문

주부인 것으로 보이는 시적 화자인 '나'의 실수로 유리컵이 바닥으로 떨어졌다. 식구들은 "나의 부주의를 탓하"고 화자가 유리 조각들을 "쓰레기통에 버"리고 오는 "그 새 식구들을 식사를 마쳤다". 그저 "소리도, 냄새도/ 모두 조용한 식탁/ 유리컵 한 개가 모자랄 뿐"인 이 상황의 '아무 일 없음'은 「멋진 우리 세상」의 사내처럼 윗니가 드러나게 웃어넘겨야만 할 것 같다. 하지만 우리는 시가 그려내는 이미지 밖에서 좀처럼 웃지 못하고, 식구들이 식사를 마친 빈 식탁을 앞에 둔 시적 화자의 모습을 떠올린다. "식구들의 목소리가 유리 조각에 박"힌 것이 아니라 식구들의 목소리는 유리 조각처럼 시적 화자의 마음 한구석에 박혀 있다.

일상 안에서 만나는 시적 순간은 이처럼 날실과 씨실처럼 엮이는 작은 사건들의 틈새에서 발생한다. 임후남의 시적 화자는 날실과 씨실에 다리를 걸치지 못하고 자꾸만 그 구멍 사이로 미끄러져 자신이 만들어온 무형의 공간 사이에서 방황하고 있다. "가로등이 켜지는 순간" "가긴 가야 하는데" "한없이 앉아 있다". "아무도 나를 부르지 않는다"(「저녁이 오는 때」).

그곳, 집 그리고 너머의 바다

시적 화자도 한때는 "언제나 갈 수 있었던 집"이 있었다. "나의 한 시절이 담긴 집/ 형제들의 한 시절이 담긴 집/ 우리 모두 그 집을 떠나왔어도/ 엄마 혼자 오래 지켰던 집" 말이다. "이제는 갈 수 없는, 그 집"이지만, 여전히 "엄마"는 "맨발로 나를 기다리고 있다." "지난 밤 꿈에" 맨발의 엄마는 "노란 모시 블라우스를 입고" "발 안 시렵다, 안 시렵다", "또 안 춥다, 안 춥다 했다"(「석관동」).

아마도 그곳에서 "많이 웃었던 날들이 있었"을 것이고, "부모는 가난했고 언니는 아팠으며 동생은 자라지 않던 날들"을 살았을 것이다. "우리 가족의 세계와 다른 가족의 세계"는 "언제나 밥이 따뜻"했다는 공통점이 있었지만, "친구네 식탁"에서 "쇠고기장조림은 너무 먼 곳에 있었다". "내가 팔을 뻗을 때마다 소매 끝에서 빨간 내복이 기어 나왔"고 "그날 이후 내 별명은 4인분이 되었"(「심심한 날들」)다.

"오래 전 집"에서는 "할아버지의 숨이 멈췄"고 "아이고 아버지 아버지 하던 고모는 밥때가 되면 울었더니 배고프네 하면서 잘 부쳐진 생선전을 입에 넣고 다진 고기를 듬뿍 넣어 국수를 말아 먹었"다. 돌아가신 후 "할아버지의 방으로 옮"긴 "나"는 할아버지가 "숨이 멈췄던" 자리에 똑같이 누워 "와르르 마당으로 저녁이 쏟아"지던 순간을 기억한다.

> 나는 언니의 옷장 문을 부수고 빨간 코트를 걸쳤습니다
> 거울 속에는 단발머리 여자가 벌건 눈을 흘기고 서 있었습니다 나는 그 여자를 뒤로 하고 버스 정거장으로 달려갔습니다 그리고 처음 온 버스를 타고 집을 떠났습니다
>
> ─「오래전 집을 떠날 때」 중에서

아마도 "빨간 코트"를 걸치고 "버스를 타고 집을 떠났"던 그 순간이 시적 화자가 유년과 작별하고 자신의 정체성을 찾아나선 분기점이었을 것이다. 하지만 그 갈라짐이라는 것은 사후事後에 유추되는 것이며 완전한 단절을 만들어내

는 것도 아니다. 정신분석학자인 라캉 식으로 말해보자면 상상계의 유년과 작별하고 상징계로 진입하는 인간은 반드시 상상계에 남겨두는 것이 있다. 남겨진 것은 우리에게 결핍을 발생시키면서 삶을 추동하기도 하고, 어느 날 경계 사이에서 문득 그 모습을 드러내기도 한다. 임후남의 시집에서 유년의 공간은 현실 안에 갇힌 또는 현실 속에서 떠도는 화자가 부지불식 회귀하는 수렴점이다.

집 말고도 이번 시집에서 자주 등장하는 공간은 '바다'다. 「심심한 날들」의 '나'는 "텔레비전 연속극을 보는 엄마를 따라 울면서" "바닷가에 서 있는 여주인공이 부러웠"다. "간신히 스무 살"을 넘긴 "나"는 이후 "바닷가 마을에서 며칠 묵었"다. 하지만 "드라마 여주인공처럼 바다를 보고 서 있어도 죽고 싶은 마음이 들지 않"는다.

물이 갖는 포에지는 물의 성질에 따라 다소 다르게 나타난다. 물 중에서도 바다는 거친 파도 속에 헤엄을 치는 역동성과 연결되면서 흔히 성인이 되는 통과의례에 비유된다. 바슐라르가 『물과 꿈』에서 인용한 폴 드 뢸은 "단순히 은유를 써서만, 시인은 자기가 바다나 대기의 아들이라고 말할 뿐 아니라, 존재의 통일성을 이룩하여, 아이를 청년에, 청년을 어른에 맺어지게 하는 자연의 여러 인상들을 축복하는 것"[4]이라고 언급했다. 은유인가라는 문제보다는 시인의 바다는 종종 이처럼 아이를 청년에, 청년을 어른에 맺어지게 하는 대표적인 자연의 심상이다. 임후남 시인의 바

---

4) 가스통 바슐라르, 이가림 옮김, 『물과 꿈』, 문예출판사, 2004, 308쪽.

다는 '바다 속으로의 도약[5]'이나 '수영의 역동적 미학[6]'과는 거리가 있지만, 역시 어른으로의 성장을 가능하게 해줄 것 같은 장소로 묘사된다. "바닷가 마을에서 며칠 묵"은 '나'는 이제 "많이 웃지 않아도 되어서 다행인 날들이 되자 비로소 심심"(「심심한 날들」)해진 어른이 되었다.

또한 임후남의 바다는 현실을 벗어나게 하는 유토피아적 공간이기도 하다.

곰팡이가 지치지도 않고 벽을 탄다
햇빛은 창문에서 너무 멀리 떨어져 산다
바람조차 문을 두드리지 않는다
화분에서 식물은 또 죽었다
그릇과 수저들 사이로 바퀴벌레가 다닌다

이제 내 방을 데리고 떠나야겠다

골목을 누비고 다니는 키 큰 햇빛을 따라나서서
조금 큰길로 나가 버스를 기다려야지
내 방을 꼭꼭 접어서 가방에 넣고
버스 안에서 시끄럽게 하면 조그맣게 속삭여야지
바다가 네 한쪽 가슴을 말려줄 거야
답답하다고 들썩거리면 조그맣게 속삭여야지
바다가 네 팔에 바람을 불어넣어줄 거야

---

5) 앞의 책, 310쪽.
6) 앞의 책, 309쪽.

내 방이 바다를 상상하며 숨죽이고 있는 동안

나는 차창 밖으로 오래된 동네가 뒤로 가는 것을 보겠지

길어진 햇빛이 사라지기 전에

바닷물이 아직 해변에 가득 차지 않았을 때

어서 바다로 내 방을 데리고 가야지

다행히 아직 오후,

— 「내 방을 데리고 바다로 떠나야지」 전문

　　위의 시에서 묘사되는 바다에 관한 상념을 읽어내기 전에, 시적 화자의 그리움이 한 개의 점처럼 수렴하는 "그"에 관한 이야기를 먼저 읽어보자. 시적 화자에게는 "그"가 존재한다. 하지만 "약속은/ 당신과 나 사이에 있는/ 아주 한참 먼 이름"이 되어 "이젠 약속이/ 당신에게 가는 지하철을 타지 못하게/ 막아"선다. "나는/ 약속에게 가지도 못하고/ 당신에게 가지도 못"한다. (「그리고 다시 약속」) "악몽에서 나를 건져주었던/ 참 좋은 당신"이었지만, 나는 "꿈을 지나치고/ 참 좋은 당신을 지나친 후/ 새벽 세 시에 혼자" 있다. (「악몽」) "나는 당신을 오래 기다리고 있었다". (「습관」) '나'는 '그'를 찾아 나서지 못한다. "그의 부재가/ 움직이지 못하게 가두었다/ 그가 오기로 했던 시간/ 그가 오마고 말했던 시간 속에서/ 한 발짝도 나아갈 수 없다"(「끝난 후」). 부재가 강제한 기다림에 묶여 시적 화자는 '방'이라는 공간에 구속되어 있다.

'그'의 부재가 '나'에게 숙명처럼 골방에서의 기다림을 반복시키지만, '바다'는 그런 현실을 잊게 해주는 공간이다. 이때 바다는 물성으로 다가오기보다는 유토피아적 관념으로 묘사된다. "곰팡이가 지치지도 않고 벽을" 타는 "내 방을 데리고" 시적 화자는 떠날 결심을 한다. "햇빛은 창문에서 너무 멀리 떨어져 사"는 방을 위해 시적 화자는 "바다가 네 한쪽 가슴을 말려줄 거야"라며 "조그맣게 속삭"일 것이다. 그러면 "내 방이 바다를 상상하며 숨죽이고 있"을 동안 "길어진 햇빛이 사라지기 전에" "어서 바다로 내 방을 데리고 가"려는 상상은 "바람조차 문을 두드리지 않는" 골방 너머에 바다를 위치시킨다.

바다는 문득문득 삶 안에서 자신의 체취를 풍기면서 삶을 견디게 하기도 한다. "서울 변두리 생활이/ 바다를 보고 바람이 났다// 도망친 것인지 달려온 것인지/ 계산할 수 없"지만, "동백꽃이 몸을 덮"치게 하는 바다는 "아프다고 울었"던 "생활"의 하소연과 "아직 버티고 선 두 다리"(「동백나무」)를 묵묵히 맞아준다.

남겨진 통역가들

캐나다 출신 작가인 마거릿 애트우드는 작가의 이중성에 대해 다음과 같이 말한다. "대문자 A인 작가 Author와 그의 닮은꼴 존재, 그들은 교대합니다. 머리에 머리를 맞대고서 말이지요. 각자 자신의 본질을 비워내 상대방을 채워줍니다. 둘 다 혼자서는 살 수 없어요." 그래서 시를 쓰는 시인과 생활인인 그는 서로의 닮은꼴이다. 그 둘은 같기도 하고 다르기도 하다. 분명한 것은 혼자서는 존재하지 않는 점이다. 시인과 시적 주체 역시 그렇지 않을까? 시인 임후남과 시집에서 만났던 시적 주체도 아마 같으면서 다를 것이다. 여기에 독자의 문제가 겹쳐진다. 애트우드는 독자에 관해서도 잊지 않았다. "텍스트를 읽는 행위는 음악을 연주하면서 동시에 듣는 것과 비슷해요. 이때 독자는 고유한 통역가가 됩니다."

시집 안에서 시인 임후남과 시적 화자, 그리고 내가 겹쳐지는 동안 시는 연주되면서 동시에 감상되었다. 나의 유년에서 만난 공간, 그리고 나의 현실 너머에 있을 것만 같은 또 다른 공간, 그리고 그 사이에서 유영하고 있는 나를 만났다면, 이제 남은 것은 다른 통역가들의 몫이다. 시인의 문장들을 따라 읽으면서 잊혔던 당신들을, 그리고 지금도 "한없이 앉아 있는" 자기를 찾아가는 여행을 시작해보라. 시인 임후남과 시적 화자와 당신이 시집 안에서 만나는 순간을 분명 맞닥뜨리게 될 것이다.

현대시세계 시인선 **129**

전화번호를 세탁소에 맡기다

지은이_ 임후남
펴낸이_ 조현석
기   획_ 고영, 박후기
펴낸곳_ 북인
디자인_ 푸른영토

1판 1쇄_ 2021년 06월 14일
출판등록번호_ 313 - 2004 - 000111
주소_ 121 - 842 서울 마포구 서교동 467 - 4, 301호
전화_ 02 - 323 - 7767
팩스_ 02 - 323 - 7845

ISBN 979-11-6512-129-7   03810
ⓒ 임후남, 2021